KB006504

살아가는 힘

이 도서의 국립중앙도서관 출판예정도서목록(CIP)은 서지정보유통지원시스템 홈페이지(http://
seoji.nl.go.kr)와 국가자료공동목록시스템(http://www.nl.go.kr/kolisnet)에서 이용하실 수 있
습니다.(CIP제어번호: CIP2015003891)

살아가는

Survival Lessons

힘

앨리스 호프먼 지음

최원준 옮김

부드러운말

일러두기 • 본문 가운데 작은 글씨는 옮긴이 주입니다.

처음 멍울이 만져졌을 때 단지 과민하게 반응하는 것일 뿐이라고 생각했다. 나한테 그런 일이 일어날 리 없다고.

솔직히 주변에는 온통 안 좋은 일 투성이였다. 엄마는 유방암 치료 중이었고, 올케는 결국 뇌종양을 극복하지 못했다. 몇몇 친척들과 친구들은 심각하게 아팠다. 하지만 적어도 아직, 그런 일들은 나한테 일어나지 않았다. 나는 암 환자 같은 게 아니었다.

오히려 곁에서 의지가 되는 편이었다. 친구들이 진료를 받을 수 있게 데려가고, 전문가 못지않게 가족력에 대해서도 잘 알았으며, 이혼밖에 답이 없을 때 변호사를 만나는 자리에 함께 하거나, 우울해 하는 자녀들을 어떻게 대하면 좋을지 고민해 주고, 묘지 자리를 알아보고 장례식을 주선했다. 아이들과 애완동물들도 대신 돌보아 주었다.

그렇지만 암이라는 사실을 확인하자 나도 별 수 없는 암에 걸린 사람이었다. 나는 최대한 안 그런 척하려고 노력했다. 그럴 수밖에 없었던 게, 어린 아들이 둘 있었고 아픈 엄마를 돌봐야 했으며 한창 집필 중이었다. 최근에 낸 소설 『히어 온 어스*Here on Earth*』는 오프라의 북클럽에서 권장도서로 선정되었고, 예전에 낸 『프랙티컬 매직』은 산드라 블록과 니콜 키드먼 주연으로 캘리포니아에서 영화 촬영 중이었다. 앓아누워 있을 시간 따위는 없었다.

돌이켜 보면, 누구도 진실 앞에서 도망갈 수 없는가 보다. 진실은 열린 창틈이나 문틈 밑으로 스며들어 결국 당신 곁에 나란히 선다. 조직 검사를 받으러 가며 나는 스스로에게 괜찮을 거라고 되뇌었다. 며칠 후 의사가 전화를 했다. "앨리스… 유감입니다." 그제야 나는 행운과 불행은 언제나 보이지 않는 단단한 실로 함께 묶여 있다는 사실을 깨달았다.

조금 빠르거나 늦거나, 이런 일은 누구에게나 어떻게든 일어난다. 사랑하는 사람을 잃거나 이혼을 겪고, 비통함에 빠지거나 아이들이 삐뚤어지거나 큰 병을 진단받는 거. 견디기 힘들 정도로 슬픈 일 앞에서는 누구도 면역력이 없다.

나는 항상 독자와 작가를 가르는 얇은 경계선이 있다고 믿어 왔다. 당신이 읽고 싶은 이야기가 있는데 도저히 찾을 수 없어서 직접 그 이야기를 써야 할 때, 당신은 경계선을 뛰어넘게 된다. 치료를 받는 내내 나는 안내서를 찾아보았다. 낯선 상황에 도움이 필요했다. 어떻게 사람들이 충격적인 경험을 극복하는지 알고 싶었다.

그러는 동안 나는 내가 병을 진단받았을 때, 사랑하

는 사람을 잃어버렸을 때, 자신에게 너무 깊이 실망해서 삶을 놓아버렸을 때, 가장 듣고 싶은 말이 무엇이었는지 알게 되었다. 여러모로 나는 이 책을 병과 상실로 위기를 겪을 때 너무나 잃어버리기 쉬운 삶의 아름다움을 스스로에게 상기시키기 위해 썼다. 장미들과 별들이 총총한 밤하늘을 잊고 지낸 시간이 너무 많았다. 우리 삶에는 슬픔과 기쁨이 균형을 이루고 있으며, 하나가 없이는 다른 하나도 있을 수 없다는 사실을 잊어버리고 있었다. 이러한 것들은 우리를 인간답게 만든다. 또 삶이 그토록 소중한 까닭이다.

나는 인생의 가장 어둡던 시기에도 여전히 장미들은 꽃을 피우고, 별들은 밤하늘에 모습을 비추고 있었다는 걸 다시 기억하기 위해 이 글을 썼다. 그리고 나에게 닥친 갑작스러운 모든 일들에도 불구하고 여전히 내가 선택할 수 있는 방법들이 있었음을 기억한다.

암 진단을 받은 지 십오 년이 지난 후, 나는 예전에는 상상조차 하지 않았던 모습으로 살게 되었다. 살아남은 것이다.

우리는 누구나 충격적인 경험을 겪고 자기만의 방식으로 보듬어 낸다. 하지만 가장 필요한 것들은 누구에게나 비슷하다. 사랑은 정말로 답이 될 수 있다. 상실감에 시달리던 시기에 친구들과 낯선 사람들로부터 수많은 선물들을 받았다. 나는 이 책이 당신에게 보내는 선물이 되기를 바란다.

차례

나만의
영웅을
찾자

누구에게나 영웅이 필요하다. 가장 고통스러운 시간을 겪고 있을지라도, 과거 혹은 현재에, 가정이나 아니면 멀리 떨어진 곳에 당신이 무엇을 알아야 하는지 가르쳐 주고 어둠 속을 헤쳐갈 수 있도록 이끌어 줄 누군가가 있다.

어렸을 때 나는 안네 프랑크에 사로잡혀 있었다. 안네는 어리고 글을 썼고 유대인이었는데, 무엇보다 중요한 건 끔찍하기 이를 데 없는 시절에도 스스로의 영혼을 지킬 수 있을 정도로 낙천주의자였다. 그녀는 내 첫 번째 영웅이었는데, 내 생각에는 잘 고른 것 같다.

암스테르담에 있는 안네 프랑크의 집을 찾은 관광객들 사이에 섞인 십대들을 볼 때마다 나는 항상 흥분이 된다. 아이들은 내가 그랬던 것처럼 안네 프랑크를 경외와 감탄의 눈길로 쳐다본다. 안네는 정말로 삶을 갈망했다. 그녀는 자라서 수많은 경험을 하고 싶어 했다. 여동생과 마찬가지로 안네도 베르겐-벨젠 강제 수용소에서 살아남지 못했지만, 그녀가 암스테르담의 다락방에 숨어 쓴 글들은 여전히 우리 곁에 남아 있다.

그토록 터무니없고 비현실적으로 보였던 내 이상들을 포기하지 않은 건 놀라운 일이에요. 하지만 그래도 여전히 사람들은 마음속으로는 선량하다고 믿어요.

잔혹한 세상에서도 아름다움을 찾는 안네 프랑크의 열정적인 능력에는 놀라지 않을 수 없다. 비록 옛날 사람이지만 그녀는 여전히 내가 앞으로도 믿음을 갖고 기댈 사람이다.

타인의 비극을 잣대로 평가하는 건 어려운 일이다. 누군가를 망가뜨리기 위해선 얼마나 큰 불행이 닥쳐야 할까? 역경에 맞서 살아남으려면 얼마나 큰 힘이 필요할까? 내 이야기를 하자면, 엄마는 아빠가 떠나버리자 침대에 파묻혔다. 엄마는 커다란 충격에 빠졌다. 내가 여덟 살 때였는데, 나는 대학에 갈 때까지 주변에서 부모님이 이혼한 경우를 본 적이 없다. 지금과는 많이 다른 시절이었다. 파탄 난 결혼은 사회적으로 불명예였고, 실패한 인생이라는 증표, 숨기고 싶은 비밀이었다. 많은 사람들에게 여전히 그렇듯, 정신적인 재앙이었다.

엄마는 반항기가 있고 아름답고 게으르고 멋진 사람이었다. 그녀는 바닥에 떨어지기 전까지 자기 인생이 어디로 가는지 알고 있다고 생각했다. 하지만 그렇지 않다는 게 분명해지자 완전히 허물어졌다. 엄마가 혼자 있는 걸 무서워했기 때문에, 나는 엄마 침대 옆 바닥에 누워 몇 주 동안 같이 잤다.

울다 지쳐 잠드는 엄마를 보아야 했던 그 밤들부터, 나는 엄마를 내 딸처럼 여기기 시작했던 것 같다. 그때부터 나는 집을 청소하고 개를 산책시키고, 엄마가 쓸모없는 남자들이랑 어울리지 못하게 했다. 열 살이 될 때까지 종종 유머 감각이라고는 전혀 없는 러시아인 할머니와 함께 앉아 차를 마시며, 엄마가 마치 반항하는 다루기 힘든 십대이고 우리가 화가 난 후견인인 것처럼 엄마에 대한 불평을 털어놓곤 했다.

이혼 후 혼자 있는 걸 두려워했던 엄마 덕분에 내가 작가가 되었는지도 모르겠다. 소설가는 어쨌거나 결코 혼자일 수 없으니까. 소설에서는 예전에 썼거나 언젠가 쓸 수많은 지어낸 인물들과 함께 여행을 한다. 비록 제

멋대로이고 어수선하지만, 엄마는 내 일상의 첫 번째 여주인공이었다. 그녀는 실패한 결혼에서 살아남았다. 이혼과 상심을 딛고 나아갔고 다시 사랑에 빠졌다. 이상한 남자에 시기도 별로였지만, 뭐 사랑이란 항상 용기의 문제이니까.

엄마는 선생님이 되었고, 나중엔 사회복지사가 되어 수많은 입양 아동을 도왔다. 주변에는 아끼는 친구들로 가득했다. 그녀는 부엌을 청소하는 대신 브로드웨이에서 공연을 보러 다녔다. 뉴스쿨_{뉴욕에 있는 대학교}에서 요리 수업을 듣는 것도 좋아했다.

난 엄마가 무책임하다고 생각했다. 대개의 소녀들이 엄마한테 화내는 특정한 부분들이 있는데, 나도 종종 나름의 이유로 몹시 화가 났다. 그렇지만 한때 내가 싫어하던 그런 특성들에 지금은 대단히 감사한다. 엄마는 자신의 삶을 즐길 줄 아는 진정한 재능을 가지고 있었다. 그녀는 세상의 아름다운 면을 보았다.

아마 그건 내가 가장 존경하는 여성과도 잇닿아 있는 부분일 것이다. 내 할머니 릴리는 80세가 될 때까지 노년 가정에서 자원봉사자로 일했다. 남편과 아이를 잃은 고통이 한 발 한 발 내딛을 때마다 그녀를 물고 늘어졌지만, 러시아를 나와 대서양을 건너 로어이스트사이드_{뉴욕의 빈민가}에 있는 공동 주택으로 왔다. 그녀는 브롱크스의 제롬 가에 연 작은 가게에서 속옷을 팔고 옷을 수선했는데, 강도가 들 때를 대비해 커다란 망치를 뒷방에 놓아두었다.

할머니는 얼마 안 되는 퇴직 연금을 쪼개어 내가 작가가 될 수 있게 도와주셨다. 그녀는 항상 의지할 수 있는, 강인하고 유쾌한 나의 천사였다. 나는 할머니가 돌아가시기 전까지 매일 아침 이야기를 나눴다. 당신도 자신을 믿어 주는 사람을 가질 만큼 충분히 운이 좋다면, 아마 나처럼 했을 것이다.

올케 조 앤은 정말로 용감한 사람이었다. 그녀는 열여

덟 살에 내 남동생과 사랑에 빠졌는데, 한동안은 샌프란시스코에서 히피족으로 살았다. 방향제 공장에서 일했고, 교외의 금속 판잣집에 있는 방송국에서 라디오 디제이를 하기도 했다. 여행과 그림 그리기를 좋아하고 그녀의 아이들을 사랑했으며, 그밖에 이것저것 특이한 것들을 즐긴 흥미로운 사람이다. 그녀는 세상에서 가장 멋진 미소를 지을 줄 알았다.

조 앤은 이제 인생에 남은 여름이 단 한 번밖에 없다는 말을 들었을 때, 버킷리스트죽기 전에 해야 할 일이나 하고 싶은 일들의 목록를 작성하라는 권유를 하는 의사에게 자기는 벌써 하고 싶은 일을 모두 끝냈다고 말했다. 그녀의 삶은 이미 완벽했다.

거듭거듭 친구들의 용기는 나를 놀라게 한다. 어린 여자 아기를 태어나자마자 잃어버린 친구, 갑작스런 병으로 아이를 잃은 다른 친구, 마치 그녀를 따라 이 도시 저 도시를 끝없이 쫓아다니는 용 같은 우울증과 여전히 싸

우는 또 다른 친구.

놀랍도록 우아함을 잃지 않으며 한 번도 아닌 두 번이
나 그녀를 덮친 암과 맞선 미용사 일을 하는 친구는, 쉬
는 때에는 머리카락을 잃어버린 사람들이 스스로를 아
름답게 꾸밀 수 있도록 도와주었다. 그녀는 언제나 그랬
듯, 머리카락이 있건 없건 똑같이 아름다웠다. 당신도 그
녀의 얼굴을 보았다면, 그녀가 정말로 기쁨으로 가득 차
있음을 느꼈을 것이다. 마지막으로 보내 준 엽서에 그녀
는 이렇게 썼다.

인생은 아름다워, 단지 꽤 불공평하긴 해.

내 영웅들은 상황이 어려워지거나, 심지어 모든 것을
놓아버리고 싶을 때에도 결코 포기하지 않았다. 그들은
어떻게 해서든 하늘에 뜬 별들이 시야에서 사라질 때까
지 보려고 했다.

우리가 사는 세상의 반짝이는 기억들을.

마음
껏
즐기자

초콜릿을 먹는 것부터 시작해 보자. 사실, 할 수 있다
면 뭐든 먹고 싶은 걸 먹어 보라. 아무 때나, 아무 곳에서
나. 머릿속으로만 상상하던 저녁도 요리해 보자. 라자냐,
소를 채운 양송이, 볶음밥, 모카를 잔뜩 얹은 진한 초콜
릿 케이크, 블루베리 파이.

요리 학원에도 등록하자. 내 아들은 바로 그 유명한 줄리아 차일드영화「줄리 앤 줄리아」에 나오는 요리 전문가의 요리 수업에서 수란 만드는 법, 스크램블 만드는 법, 노른자를 터뜨리지 않은 계란찜 만드는 법 등 최고의 계란 요리를 배웠다. 아래 소개한 줄리아의 완숙계란 요리법은 간단하면서도 정말 끝내준다.

➤ 상온의 계란을 고른다. 찬물을 부은 냄비에 계란을 넣는다.

➤ 물을 끓이고, 충분히 끓었다 싶으면 뚜껑을 덮고 버너에서 냄비를 내린다.

➤ 14분 동안 냄비 뚜껑을 덮은 채로 기다린다. 얼음물에 담근다.

➤ 껍질을 벗긴다.

비밀 요리법을 공개했다고 줄리아가 싫어하진 않을 거다. 그녀도 역시 살아남은 사람이다. 우리 둘 다 치료를 받던 병원에서 기금 모으는 일을 함께 했을 때, 나는 줄리아랑 친한 친구가 되면 좋겠다고 생각했다.

그녀의 따뜻함과 연민은 놀라울 정도였다. 줄리아는 자기 이야기를 별로 하지 않은 반면에, 다른 사람들의 일에는 굉장히 흥미를 보였다. 자기 자신에 대해서는 잘 알지만 다른 사람들에 대해서는 몰랐기 때문에 그녀는 항상 궁금해 했다. 솔직히 그녀는 다른 사람들보다 배는 더 나이가 들었지만, 달걀, 낯선 사람들이 살아 온 이야기, 낡은 솥단지… 그녀에게는 모든 것이 아름다웠다.

내 소중한 친구 매클린 보콕 게라드도 자기만의 요리법을 보내 주었다. 버지니아 출신의 작가인데, 이제껏 내가 본 가운데 가장 매력적인 사람이다. 하버드에 다닐 때 그녀를 가르치던 교수와 사랑에 빠졌는데, 꽤 오랜 뒤에 나도 그 교수에게 배운 적이 있다. 매클린이랑 결혼하기는 했지만, 내가 그녀였어도 그 교수랑 결혼했을 거다.

게라드 교수는 당대에 손꼽히는 글쓰기 선생이었다. 그가 아니었다면 난 결코 작가가 되어 책을 출간할 수 없었을 것이다. 그는 죽는 날까지 나의 조언자였고, 매클린은 언제나 내 글의 첫 번째 독자였다. 나는 그녀를 완전히 신뢰했다. 그런 일이 살아가면서 얼마나 일어날 수 있을까? 그들은 모두 아름답고 멋진 사람들이었다. 좀 지나칠 정도로 친절하기는 했지만.

내 결혼 선물로 매클린은 중탕기와 브라우니초콜릿 케이크 요리법을 주었다. 중탕기는 잃어버렸지만, 색인 카드에 인쇄된 요리법은 아직 가지고 있다. 다른 어떤 요리법도 이것과 비교할 수 없을 거다. 이 브라우니를 먹을 때는 어떤 슬픔도 잊게 된다. 맛의 여운은 곧 사라지겠지만, 그래도 먹어 볼 만하다. 잠시 동안이나마 초콜릿 황홀경에 빠질 테니까.

매클린의 브라우니

➜ 네슬레 세미스위트(semi-sweet) 초콜릿 조각 9온스(약 255g)와 조각 낸 스틱형 버터 1개를 함께 넣고 중탕해서 녹인다(중탕기를 이용하면 더 좋다!).

➜ 계란 두 개와 흰 설탕 반 컵을 담고 걸쭉해질 때까지 휘저어 준다. 여기에 밀가루 반 컵, 체에 내린 소금 1/4티스푼과 베이킹파우더 1/2티스푼을 넣는다. 중탕해 놓은 초콜릿 믹스쳐와 바닐라 1티스푼과 잘게 으깬 호두 한 컵(좋아하지 않는다면 양을 줄여서)을 넣는다. 기름칠한 8″×8″(가로세로 20cm) 팬에 반죽을 붓는다. 황설탕 2테이블스푼과 녹인 버터 1티스푼을 잘 섞어서 브라우니 표면에 뿌려 준다.

➜ 375°로 예열된 오븐에서 20분이나 그 이상 굽는다. 이쑤시개로 잘 구워졌는지 테스트한다. 식힘망에 올려놓고 식힌다. 브라우니가 다 식으면, 그 위에 슈가 파우더를 뿌려 준다(도일리를 브라우니 위에 깔고 슈가 파우더를 뿌려서 패턴을 표현할 수도 있다).

Maclin's Brownies

주의할 점이 있다. 매클린의 브라우니는 보기에 그다지 먹음직스럽지 않다. 가운데는 움푹 가라앉고, 표면은 여기저기 갈라져 있을 것이다. 아마 먹지 않고 그냥 버리고 싶겠지만, 그러지는 말자. 이 요리법은 원래 그렇게 나오는 것이고 그보다 심할 수도 있다.

그렇지만 속은 완벽하다. 보기에 그럴듯한 다른 브라우니보다 더 낫다. 잠시 후면 좋아하는 사람들한테 주려고 색인 카드에 요리법을 옮기고 있는 당신의 모습을 보게 될 거다. 매클린이 나한테 그랬듯이.

매클린을 마지막으로 보았을 때, 그녀는 파킨슨병 말기라 더 이상 말을 할 수 없었다. 근육들이 경직되어 움직이기조차 힘들었다. 우리는 팔로 알토에 있는 그녀의 정원에 앉아 있었다.

고요하고 푸르른 그곳에서 옆집 사람들이 테니스 치는 소리를 들었다. 서로 해야 할 말은 이미 지난 삼십 년간 편지를 주고받으며 충분히 나누었다. 그럼에도 불구

하고 나는 중탕기와 그밖에 그녀가 나에게 준 모든 것들에 감사한다.

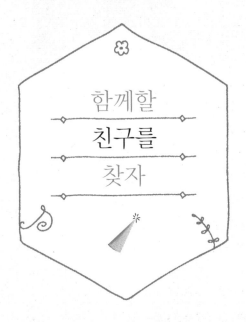

함께할
친구를
찾자

초대받은 사람들만 참석하는 저녁 파티를 열자. 평소에 알고 싶던 사람들을 불러 보자. 나는 할 수 있다면 브론테『제인 에어』를 쓴 영국 작가와 에드거 앨런 포『검은 고양이』를 쓴 미국 작가를 부를 거다. 그들은 내 저녁 파티 초대 명단의 제일 윗줄에 있다. 나는 그들이 어떤 생각을 하고 어떤 삶을 살았는지 궁금하다.

비록 특정한 시기에는 방문객들과 침실 문을 사이에 두고서만 이야기했다고 하지만, 에밀리 디킨슨19세기 미국 시인도 부르고 싶다. 그런 대화 방식 때문에 나는 에밀리를 더 사랑한다. 나도 종종 똑같은 기분에 휩싸여 숨어 버리고 싶다. 그녀는 침실 창문을 모두 가린 뒤에야 안전하다고 느꼈다고 한다. 하지만 한편으로는 숲에 나가 수백 종의 야생화 견본을 모으기도 했다.

죽은 위대한 작가들을 부르는 게 불가능하다면 살아 있는 젊은 사람들을 불러 보자. 분홍색으로 머리를 염색한 꿈으로 가득한 소녀들. 세상을 바꾸려는 청년. 힘이 넘치고 머릿속이 새로운 생각들로 가득해 학교에서 곤경에 처하고 만 아이들.

중년에 접어든 사람들은 너무 바쁘게 일하고, 이것저것 사야 하고, 대출금을 갚느라 자신의 꿈에 관해 이야기할 시간조차 없다. 당신 친구의 자녀들이 오히려 더 흥미로워 보일 것이다. 우연히 만난 친구의 자녀들이 머리카락이나 눈썹이 없는 당신을 아무런 편견 없이 대하는 모습을 보고 굉장히 놀랄지도 모른다. 아이들은 어른들이 예의를 차리느라 잘 꺼내지 못하는 질문들을 던진다. "그 여자를 사랑했어요?" "그거 많이 아파요?" "나중에 무슨 일이 닥칠지 두려운가요?"

나는 치료 중일 때, 용감한 십대 독자들과 작가들에게 특별한 고마움을 느꼈다. 어떤 아름다운 소녀는 이렇게 말했다. "전 이제껏 당신이 본 누구보다 최악이에요." 하지만 그녀의 시는 우아하고 유려했다. 그녀는 내가 떠날 때 꼭 끌어안아 주었다. 다른 독자는 내 책 『초록 천사』 모든 것을 잃어버린 소녀가 자전적인 글쓰기를 통해 인생을 되찾으려는 이야기가 병원 침대에 누워 몇 번의 수술을 겪는 동안 자신을 사로잡았다고 말했다.

나는 십대 아이들이 이제 막 삶을 시작하고 있다면, 나는 마지막을 향해 가고 있다는 사실을 깨달았다. 그러나 서로 나이 차가 많이 나지만 우리가 놀랍도록 비슷하다는 사실에 커다란 기쁨을 느꼈다. 아이들이 책을 사랑하니까, 비록 내가 그 속에 있지는 않을지라도 미래는 분명 좋아질 것이다.

나는 어느 새 나이 든 사람들에게 더 친근하게 다가가 묻는 내 모습을 발견하게 되었다. "당신의 겉모습이 바뀌고 영원히 달라졌을 때 어떤 느낌이었나요?" 이전에는 단지 고개를 끄덕이는 것으로 인사를 주고받던 이웃의 팔십 구십 노인들에게도 말을 걸기 시작했다. 나는 그들이 살아 온 삶이 얼마나 흥미로운지, 또 하고 싶은 이야기들이 얼마나 많은지 알게 되었다. 일단 내가 느긋하게 시간을 내어 질문을 하자, 그들에게서 수많은 이야기들을 발견할 수 있었다.

나는 엄마의 생일 파티를 열고 엄마 친구들뿐만 아니라 내 친구들도 초대했다. 우리는 오래된 뉴잉글랜드 술집에서 차를 마셨다. 그것이 엄마의 마지막 생일 파티였다. 그때는 몰랐지만, 그렇게 될지도 모른다는 생각은 들었다. 우리는 열량 따위는 신경 쓰지 않고 와인을 마셔댔다.

젊은 여자들 가운데 한 명은 나이 든 여자들에게, 만일 젊고 힘이 넘치고 시간이 있다면 하고 싶은 일이 무엇이냐고 물었다. 나이 든 여자들이 다들 동의한 대답이 있었는데, '세계를 여행하고 싶다'였다. 하지만 더 공감한 건, 좀 더 자주 사랑에 빠지고 싶다는 대답이었다. "망설이지 마!" 그들은 하나같이 말했다. "지금을 즐겨!"

시간을 내어 옛 친구들을 만나 보자. 당신이 가장 좋아하는 사람들을 한데 모아 호텔 방이라도 빌리는 거다. 룸서비스를 부르고, 영화를 보고, 다른 손님들이 관리인에게 불평을 늘어놓기 시작할 때까지 춤을 춰 보자. 함께 스파에 가거나 이것저것 그러모아 피자를 만들어 보자. 누군가에게 그가 당신에게 얼마나 소중한 사람인지 털어놓자. "망설이지 마!" 지금 당장 두 팔로 누군가를 껴안자.

그러나 현실에서는, 당신의 가까운 친구들 중 몇은 당신이 정말로 힘든 시기를 겪을 때 주변에 없었을 것이다. 그 사람들은 그 사람들 나름의 이유와 상처가 있어서, 당신의 어려움까지 함께할 수 없었을지도 모른다. 그들은 이미 '지나간' 사람들이다.

나 역시 아직도 몇몇 사람들을 잃어버려서 슬프다. 내가 진단을 받은 뒤에 전화를 하지 않았던 친구들, 병원에 오거나 힘든 시절의 나와 만나는 걸 두려워했던 친구들. 나는 마음이 아팠다. 버려진 느낌이었다. 돌이켜보면, 나는 그 사람들을 보다 쉽게 보내 주었어야 했다. 당신이 정말로 필요로 하는 순간에 그들이 그 자리에 없고 이후에도 없을 것 같다면, 그때야말로 바꿔야 할 때이다.

당신은 얼마나 많은 새로운 친구들이 '다가올' 것인지 알면 깜짝 놀랄지도 모른다. 새롭게 만날 친구들은 슬픔을 두려워하지 않고, 우리가 피할 수도 없다는 사실을 아는 사람들이다. 우리가 할 수 있는 최선은 함께 슬픔을 마주보는 것일지도 모른다.

적절한
조언을
구하자

할머니가 써 준 편지들을 꺼내어 읽어 보자. 내가 보기에, 할머니들은 모든 걸 알고 있다. 비록 때로는 노인들이 인생에 관해 하는 이야기가 잔소리 같고, 우리를 판단하거나 마음대로 조종하려는 것처럼 들릴지도 모르지만 그 속에는 지혜가 담겨 있다. 거의 모든 일에 관한

최고의 지혜 말이다.

할머니가 보낸 각각의 편지에는 그녀의 조언이 그대로 남아 있다. '낯선 사람의 차에 타지 마라.' '탄산음료를 마시지 마라.' '화학 물질을 조심해라.' '편지 하는 거 잊지 마라.' '내 말을 잘 듣고 충고에 따르렴.' '나는 오직 네가 좋아하는 일을 하며 건강하길 바랄 뿐이다.' '감각이 좋구나.' '네가 내 희망이다.'

남동생과 올케가 샌프란시스코에 살던 70년대에는, 그 애들을 히피라고 여기던 할머니가 나에게 이런 편지를 보냈다.

개들은 집도 없고, 직업도 없고, 옷도 없고, 대체 그게 무슨 꼴이냐? 마치 시베리아에서 막 빠져나온 것 같더구나. 나라면 젊음을 그렇게 낭비하지는 않을 거다. 그럴지는 모르겠다만 그 애들이 변할 때가 오면, 개들은 이미 나이 들어 있을 테고 많은 것들이 달라져 있을 게다. 앨리스, 내 말 들으렴. 경험에서 나오는 이야기다. 인생은 한 번뿐이고 너무 빨리 지나간다.

그렇지만 시간이 지나고 보니, 동생에 대한 할머니의 걱정은 괜한 일이었다. 동생은 미션 지구에 있는 공동 주택에서 나와 박사 학위를 받으러 메사추세츠 공과 대학MIT에 갔다. 올케에 대한 걱정도 필요 없었는데, 할머니가 더 바랄 나위 없이 사랑스럽게 자란 두 아이의 엄마가 되었다. 그래도 가장 중요한 대목에서는 할머니 말이 옳았다.

시간은 너무 빨리 흐르고, 나이 들었을 때는 이미 많은 것들이 변해 있다. 인생의 아름다운 시간에 푹 파묻혀 있을 때, 사람들은 젊음이 얼마나 커다란 선물인지 깨달을 수 있을까?

아마 아니겠지만, 누구나 언젠가는 알게 된다. 그러니 지루한 사람들과 이야기하거나 낯선 사람의 차에 타지 말자. 이제 막 시베리아에서 나온 것 같은 복장을 하고 싶다면 마음껏 그러자. 샌프란시스코로 가서 머리에

꽃을 꼽는 거다. 그래도 할머니가 인생은 한 번뿐이라고
한 말은 귀담아 듣자.

　적어도 우리가 알기에는 그렇다.

힘이
될 친척을
찾자

사람들은 누구도 자신의 가족을 고를 수는 없다고
이야기한다. 하지만 당신은 함께 시간을 보낼 사람과
'지금은 바빠서 안 돼'라는 메시지를 보낼 사람을 고를
수 있다. 당신이 투병 중이거나 어떤 종류의 비극적인
일로 고통받을 때 친척들은 곤란한 존재일 수 있다. 누

군가는 너무 많은 것을 해 주려 하고, 누군가와는 소원해진다. 하지만 몇몇은 괜찮을 거다. 파이를 베란다에 두고 가거나, 복도에서 꼭 안아 주거나, 우편으로 시집을 보내 준다거나 하는 건 괜찮다.

받고 싶을 때만 전화를 받자. 특히나 친척이 건 전화일 경우에는 스스로에게 '통화할 수 없다'고 이야기할 자유를 주자. 변명거리를 만드는 거다. '누가 현관에 있어서요.' '거실에 곰이 있어요.' '유성우가 잔디밭에 쏟아지고 있어요.' 아니면 그냥 사실대로 말해도 된다. '피곤해.' '아파.' '무슨 말을 해야 할지 모르겠어.' '말할 기분이 아니야.' '나중에 전화해 줄래… 내일… 아니 다음 달에, 아니 그냥 내가 나중에 전화하는 게 낫겠어.'

나도 실수들을 저지르며 배웠다. 올케 조 앤이 뇌종양에 걸리기 전엔 가족 중에 심각하게 아픈 사람을 겪어 본 적이 없다. 어떤 이유에서인지 나는 인생은 갈수록 나아지는 거라고 믿고 있었는데, 채 일 년도 지나지 않아 상황은 나빠지기만 했다.

쇠약해져 가는 조 앤과 함께 앉아 있던 어느 오후에, 그녀는 나에게 죽는 게 두렵다고 말했다. 나는 곧장 '어리석은 소리 하지 마, 아무 일도 일어나지 않을 거야'라고 답했다. 미처 고민할 새도 없이 입 밖으로 말이 튀어나왔다. 하지만 누구에게나 그렇듯 일어날 일은 일어난다. 단지 남들보다 조금 일찍 죽을 뿐이라는 사실을 그녀도 알고 있었다.

그녀는 굉장히 용감해서, 자신이 새로운 역사를 만들 거라고 다짐했다. 언젠가 의사들이 치료법을 찾는다면 자기가 『타임』 표지에 실릴 거라고 했다. 그게 그녀의 희망이었지만, 그런 일은 일어나지 않았다.

나는 그녀가 병을 앓는 동안 매일 함께 있었다. 그렇지만 마지막 순간에는 아이들을 데리고 휴가를 떠나야 했다. 나는 계획을 취소하고 곁에 머물러야겠다고 생각했다. 하지만 조 앤은 말했다. "다녀와! 죄책감 갖지 말고!"

그녀는 나에게 필요한 말이 무엇인지 정확히 알고 있

었다. 그게 그녀가 나한테 건넨 마지막 말이었다. 그녀는 내가 남편과 아이들과 함께 애리조나의 사막에 있는 동안 죽었다. 조 앤은 내가 스스로에게 그녀를 위해 할 수 있는 일을 다 했다고 믿게 해 줬다. 나뿐만 아니라 그녀를 사랑했던 모든 사람들이 이제는 한 걸음 물러나 계속 삶을 살아가도록 말이다.

지금은 그녀가 두렵다고 이야기했던 날 나에게 바란 게 무엇인지 안다. 그것은 내가 암에 걸려 이제 죽게 될 거라고 생각했을 때 바랐던 것과 똑같다. 나는 그녀의 옆자리에 앉아 팔을 두르고, 그녀를 사랑한다고 말했어야 했다. 그것이 누구나 바라는 일이다.

나는 이 사실을 깨닫는 데 너무 오래 걸렸다. 이것은 설명하기 힘든 복잡한 인간관계의 수수께끼다. 하지만 사랑이야말로 당신에게 필요한 전부라는 것을 깨닫기에 너무 늦은 때는 없다.

시간을 어떻게 쓸지 정하자

평소에 보고 싶던 지나간 영화들을 모두 보자. 클라크 케이블「바람과 함께 사라지다」에서 렛 버틀러 역을 연기한 배우과 사랑에 빠지는 거다. 「내 여자친구의 결혼식」, 「귀여운 여인」, 「총각 파티」, 「십대들과 뜨거운 목욕 *Teenagers and Hot tubs*」, 그리고 빌 머레이가 나오는 코미디 영화들도 보자.

개인적으로는 1939년작 「폭풍의 언덕」을 강력하게 추천한다. 원작 소설의 1장과 2장을 이상하게 섞어 놓긴 했지만, 로렌스 올리비에의 연기가 볼 만하다.

도저히 사랑에 빠지지 않고 견딜 수 없는 매력적인 남자는 누구일까? 딱 두 단어면 다른 설명이 필요 없다. 조니 뎁.

암을 소재로 한 영화는 보지 말자. 죽음이나 슬픔, 병을 다루는 영화도 피하자. 때때로 이런 소재들은 당신에게 슬며시 다가온다. 코미디를 보고 있다고 생각했는데, 갑자기 주인공이 화학 요법을 받는다거나 응급실에 실려 들어간다. 놀라운 건 영화배우들은 그 상황에서도 멀쩡해 보인다는 거다. 그런 일을 겪으면 누구도 괜찮을 수 없다. 물론 머리에 수건을 두르거나 병원에서 울고 있더라도 멋지게 보일 수는 있을 거다. 하지만 아무도 영화배우들처럼 멀쩡해 보이진 않는다.

어쩌면 하루 정도 날을 잡아, 「텐더 머시스」부터 시작해 이제껏 나온 눈물 짜는 영화를 몽땅 보고 싶을지도 모른다. 가끔은 그저 우는 것만으로 기분이 나아지니까. 만일 그러고 싶다면 꼭 화장지와 매클린의 브라우니 한 무더기를 준비하자.

책도 잊지 말자. 책이 없다면 삶이 무슨 재미일까? 에밀리 브론테, 에드거 앨런 포, 스콧 피츠제럴드, 토니 모리슨, 제인 오스틴, 윌리엄 포크너. 대가들의 작품을 읽어 보자. 명작이라 불릴 때는 그럴 만한 이유가 있다. 그들은 인간의 영혼을 어떻게 기록해야 하는지 알고 있다.

어릴 때 좋아하던 이야기들도 다시 찾아보자. 지금 새로 읽으면 더욱 와 닿을지도 모른다. 앤드류 랭의 색깔별로 나뉜 동화들부터 시작해 보자. 나는 빨강, 연보라, 파랑을 제일 좋아한다. 가끔은 우리가 세상에 관해 알아야 할 모든 것들이 동화에 담겨 있다는 생각이 들기도 한다. '신중해라.' '용기를 내라.' '정직해라.' '너를 집으로 데려다 줄 빵 부스러기들을 따라가라「헨젤과 그레텔」에서 아

이들은 빵 부스러기를 따라 집으로 돌아간다.'

소설에서 당신은 무엇이든 가능한 세상 속에 있는 자신을 발견하게 된다. 나는 여름 내내 레이 브래드버리『화성 연대기』의 작가를 읽은 적이 있다. 어쩌면 끔찍한 한 해가 되었을지도 모를 열두 살 때였다. 다시는 아이로 돌아갈 수 없다는 사실을 갑자기 깨달은 여름이랄까. 어른이 된다는 건 그다지 좋아 보이지 않았다. 무섭고 거대한 세계가 기다리고 있었다. 여전히 자전거를 타는 아이로 남고 싶지만, 주변 사람들은 모두 자라고 당신 역시 그래야만 하는 그런 때였다.

나는 최대한 오래 레이 브래드버리의 세상에 머물러 있었다. 그곳은 선과 악, 빛과 어둠이 구분되는 세계였다. 나는 냉소적인 아이여서 세상에 대해 별 믿음이 없었지만, 그래도 레이 브래드버리는 믿었다. 그가 말한 모든 것들을 개인적으로 받아들였다. 종종 반딧불이들이 날아다닐 때까지 책을 읽곤 했다.

나는 우리 가족을 짓누르는 슬픔에서 달아나기 위해 책을 읽었다. 증조부는 차르의 군대에 징집되어 이십 년을 복무했다. 자기 발가락을 총으로 쏘고 나서야 군대에서 나올 수 있었다. 러시아인이었기 때문에 우리는 슬픔에 익숙했다. 독서도 마찬가지였다. 책은 우리 가족에게 구명 뗏목이었다.

나는 가끔씩 내가 너무 책 속에 파묻혀 있는 건 아닌가 싶었다. 어쩌면 나는 그 속에서 길을 잃어버렸을지도 모른다. 나는 책 읽기가 두려웠다. 나중에는 글쓰기도 두려워졌다. 내가 현실에서 살아가는 걸 막는 것처럼 느껴졌다. 이 문제에 대해서는 여전히 마땅한 답을 못 구했지만, 나는 레이 브래드버리 없이 내가 열두 살을 잘 넘겼을 거라고는 생각하지 않는다.

나는 소설 『리버 킹The River King』의 플롯을 구상하며 지루한 뼈검사를 견뎠다. 나는 어느 새 병실이 아닌, 모든 주민을 알고 있는 작은 마을을 걷고 있었다. 나는 수

련들과 진흙투성이 강변을 지나 강으로 스며들었다. 거기 내 구명 뗏목이 있었다. 책이라는.

검사가 끝났다는 이야기를 들었을 때, 깜짝 놀랐다. 내 느낌에는 이제 막 시작한 것 같았기 때문이다. 하지만 벌써 세 시간이나 흐른 뒤였다. 그동안 나는 완전히 다른 세상에 가 있었던 것이다.

하고 싶은
일들을
적어 보자

당신이 겪는 문제들을 쪽지에 적은 다음 태우자.

이제 내년에 하고 싶은 일을 목록으로 만들자.

내 계획은 짐을 싸서 케이프코드에 가는 것이었다. 그
곳에 가는 상상을 하면 숲 가장자리에서 자라는 블루베
리 향기가 났다. 나무들 사이로 나는 찌르레기와 연못을

덮은 백합, 늪의 갯질경이가 보였다.

　내년에는 당신이 가장 가고 싶은 해변 마을에 가자. 어둠이 내리면 반딧불이를 병에 담고, 일요일이 아니라도 매일 아침 브런치를 먹으러 가자. 탄수화물을 끊은 지 오 년이나 되었더라도 가서 프렌치토스트를 시키자. 내년 여름에는 방충망을 친 베란다에서 아이스티를 마시는 모습을 상상해 보자. 조개껍질을 모으고, 사랑에 빠지고, 소설책 열 권을 연속으로 읽자.

　시월이 오면 나뭇잎이 단풍 드는 모습을 보자. 별 모양의 나뭇잎을 줍고, 버몬트에 가서 메이플 시럽과 국화를 잔뜩 사자. 십이월이 오면 엄마, 아니면 조카딸이라도 데리고 「라디오시티 크리스마스 스펙타큘러」_{매년 크리스마스 기간에 뉴욕에서 열리는 대형 뮤지컬}에 나오는 로켓츠 무용단을 보러 가자. 파리에서 혹은 고향에서 눈 내리는 풍경을 보자.

목록을 만들고, 다시 확인해 보자. 당신에게는 여전히 수많은 할 일들이 남아 있다.

나를
있는 그대로
사랑하자

나이가 들수록 살이 찌고 머리숱도 적어질 것이다. 슬프고 피곤해 보이고, 낡고 지친 몸은 풀이 죽어 있을 것이다. 하지만 그게 어때서? 당신은 여전히 매력적인 미소와 특별한 웃음과 눈동자를 지니고 있을 텐데.

눈은 모든 것을 말한다. 당신이 여섯 살이건 아흔여

섯 살이건 눈은 그 사람의 내면을 보여 준다. 나는 할머니가 자기가 거울 옆을 지날 때마다 깜짝 놀란다고 했던 이야기를 기억한다. 그녀는 아름다운 열여섯 소녀의 모습을 기대했지만, 그곳에는 나이 든 여자가 있었다. 그렇지만 할머니는 웃을 때 여전히 열여섯 소녀였다. 그녀의 눈동자를 들여다볼 때면 난 그녀가 누구인지 확실히 알 수 있었다.

스스로를 너무 엄격하게 평가하지 말자. 그렇게 평가하는 사람들 말도 듣지 말자. 영원할 것처럼 보여도, 어떤 변화들은 일시적일 뿐이다.

사람들은 화학 요법으로 인한 탈모를 치료하는 방법을 찾는 사람은 노벨상을 받을 거라고 이야기한다. 정말 그럴 것 같다. 그렇게 되면 암에 걸린 여성들도 머리를 기를 거다. 땋은 머리, 파마머리, 붙임머리를 하고 벌들과 젊은 남성들이 좋아하는 빨강색 염색약을 쓸 거다. 검은 나비처럼 아름다운 눈썹은 그냥 내버려 두자.

그때가 되면 별로 특별할 게 없기 때문에, 아이들이 대머리를 보아도 겁먹지 않을 거다. 그렇게 되면 머리를 미는 게 유행이 될지도 모른다. 패션지를 장식한 아름답고 섹시한 대머리를 보며, 우리는 마침내 대머리가 인간의 가장 아름다운 특징을 표현하는 수단일 뿐이라는 사실을 깨닫게 될 것이다.

슬픔을
받아들이자

방사선 치료를 받는 동안 나는 『죽음의 수용소에서』를 읽었다. 사람들은 "그 책 우울하지 않아?"라고 묻지만, 그렇지 않다. 그 책은 솔직하다. 저자인 빅터 프랭클은 정신과 의사인데, 사랑하는 거의 모든 사람들을 홀로코스트 나치가 저지른 유대인 대학살로 잃었다. 이 사실만으로도

당신이 겪고 있는 문제를 사소해 보이게 만든다. 비록 지금 대기실에서 방사능 치료를 기다리고 있더라도 말이다. 프랭클은 나중에 비극과 슬픔에 관한 이론을 고안했는데, 그러한 경험들이 우리를 인간답게 만들고 우리가 누구인지 알게 한다고 했다.

대기실에서 나는 답을 찾고 있었다. 그게 살아남기 위한 조언을 찾는 내 첫 시작이었다. 내가 얻은 교훈은 이렇다. 프랭클은 강제 수용소에 있던 시절을 이야기하며, 어떻게 특정한 사람들이 극단적인 절망 속에서도 견딜 수 있는지 설명했다.

우리는 스스로를 이해해야 했고, 더 나아가 좌절에 빠져 있는 사람에게 알려 주어야 했다. 우리가 삶으로부터 무엇을 기대하는가가 중요한 것이 아니라 삶이 우리로부터 무엇을 기대하는가가 더욱 중요하다는 사실을.

삶의 의미가 무엇인지 묻는 것을 멈추고, 대신 삶으로

부터 질문을 받는 스스로에 대해 매일 매시간 생각할 필요가 있었다. 그리고 그 답은 말이나 명상이 아닌 올바른 행동과 태도에서 찾아야 했다.

삶이란 궁극적으로 이러한 질문에 올바른 답을 찾고, 각자의 앞에 놓인 과제를 수행하기 위한 책임을 맡는 것을 의미한다.

우리는 누구나 우리의 행동과 반응에 책임을 져야 한다. 우리가 손쓸 수 없는 상황에 대해서도 책임을 져야 한다. 나 역시 병이 진행되는 걸 막을 수 없고 내가 처한 상황에서 도망칠 수 없었다. 하지만 투병 중에 내가 무엇을 할지는 정할 수 있었다.

나는 유방암을 위한 기금을 모으기로 했다. 그건 내가 겪는 문제에 알맞은 해답이었다. 사실 그건 내가 찾은 것 중에 가장 옳고 좋은 답이었다고 생각한다. 누군가를 도울 때면, 자신이 겪는 문제는 그렇게 힘들지 않다. 실제로 손수건처럼 접어서 주머니에 넣을 수 있을 것도 같

다. 문제는 여전히 거기 있지만, 당신이 그것에만 묶여
있을 필요는 없다.

평소에
꿈꾸던 일들
하자

항상 꿈꾸던 여행 계획을 세우자. 전에는 시간이 없거나 형편이 안 되거나 비행기 타는 게 무서웠을지도 모른다. 지금은 고민하지 말고 표부터 끊자. 결제는 나중에 하면 된다. 신경 안정제가 필요할지도 모르겠다. 이제 당신은 시간을 내야만 한다는 사실을 알 거다.

여행 안내서를 사고 걷기 편한 신발과 지도, 평소에는 비싸서 망설였던 예쁜 스웨터도 사자. 바르셀로나도 좋고, 고향도 좋고, 아니면 길 바로 아래 있는 모텔에라도 가자.

꼭 가고 싶은 꿈의 여행지가 없다면 하나 추천해 주고 싶다. 베니스! 대운하 주변의 호텔을 추천한다. 나는 작가 조지 샌드와 프레데릭 쇼팽이 사랑을 하던 다니엘리 호텔의 객실에 머물렀다. 작고 예쁜 방이다. 그 작은 방에 그토록 커다란 열정을 담을 수 있다니! 훨씬 크고 아름다운 스위트룸들이 있지만, 10호실은 호텔에서 사람들이 가장 많이 찾는 방이다.

나는 수 세기에 걸쳐 같은 공간에서 사랑에 빠졌던 모든 사람들을 떠올렸다. 방 열쇠는 항상 빨간 끈에 매달려 있다. 아마 쇼팽도 똑같은 열쇠를 썼을 거라고 믿는다. 문 위쪽 벽에는 연인들 가운데 가장 유명한 사람들의 이름이 적혀 있다. 만일 내가 끝없이 되풀이되는 하루를 살 수 있다면 그들처럼 살고 싶다.

안개 낀 밤에 걸어서 성 마르코 광장을 지나, 리도 해변에서 쾌속정을 타고 파스타와 새우, 젤라토계란으로 만든 아이스크림를 맛보자. 곤돌라운하를 오가는 기다란 배 안에서 당신은 방사선 치료를 받던 날이나 엄마를 잃어버린 날, 평생 지고 가야 할 상처 같은 걸 떠올릴지도 모른다. 어쩌면 울음을 터뜨릴지도 모르겠다.

성 마르코 대성당 옆을 지나며 당신이 흘린 눈물은 대운하에 섞인다. 그 순간 당신은 이제껏 지나온 모든 일들과 앞으로의 삶에 놓여 있는 모든 일들을 떠올릴지도 모른다. 쉽지 않은 일이다. 한 번도 쉬웠던 적이 없다. 그것은 친절하지도 사랑스럽지도 않은, 부모가 우리에게 알려 주지 않은 그러나 우리가 알아야만 할 비밀이다.

모든 것들에는 시작과 끝이 있다. 모든 아름다운 것들은 사라지고 만다. 싸락눈이 녹아 광장에 웅덩이를 만드는 모습을 보며 당신은 이러한 사실들을 생각하게 될 것이다.

운하는 색을 파랑에서 초록으로 다시 회색으로 바꾸

다가, 마침내 하늘이 맑게 갠다. 많은 것들이 변하고 이내 완전히 사라질지 모르지만, 당신은 탄식의 다리^{베니스의 명물} 앞에 서 있던 날을 포함해 이 모든 것들을 기억할 거다.

처음 해
보는 일을
하자

꼭 하고 싶지만 실패할까 두려워 한 번도 시도하지
않았던 일들을 하자. 지금까지는 스스로 재능도 없고 시
간도 없고 여력도 없다고 여겼을지 모른다. 이제는 뜨개
질을 하고, 새를 관찰하고, 요가를 해 보자. 미뤄뒀던 일
들을 하는 거다.

옷장을 비우고 낡은 옷들을 모아 보호소에 가져가자. 어쩌면 딱한 처지의 여자와 만날 것이다. 그 사람이 당신 옷을 걸치면 마치 당신처럼 보일지도 모른다. 안 좋은 운명을 타고 난 또 다른 당신처럼.

어떤 여자나 남자 친구를 잘못 사귀거나 잘못된 선택 한 번으로 나쁜 길로 빠질 수 있다. 하지만 단 한 번의 제대로 된 선택만으로도, 다시 원래 있어야 할 자리로 돌아올 수 있다.

시도를 했는데 안 되었다고 해서 달라질 건 없지 않을까? 그럴 일은 없겠지만, 뭐 비행기 밖으로 뛰어내리지 않는 담에야.

하지만 대부분의 기술들은 실패하지 않고서는 더 나아질 수 없다. 뜨개질 배우는 것도 마찬가지다. 지금까지 뜬 실들을 다시 풀어 처음부터 시작해야 할지도 모른다. 그렇지만 그게 시간 낭비는 아니다. 아무것도 만들지 못했더라도 당신은 한 땀 한 땀 배우게 될 거다. 작가가 되고 싶은 사람이라면 소설을 쓰기 전에 먼저 모자를 떠 보길 권한다. 그 경험은 글을 고칠 때 많은 도움이 되고, 뜨개질을 하는 과정만으로도 당신에게 커다란 즐거움을 줄 것이다.

　여기에 소개하는 건 내 사촌 리자가 만든 모자 패턴이 다. 리자는 『보그 니팅』에 실릴 웨딩드레스를 뜬 적도 있 다. 뜨개질은 대기실에서나 차 안에서나 장례식장 응접 실에서나 어디에서든 할 수 있다. 자기가 입을 걸 만들 어도 되고, 아는 사람이나 정말로 사랑하는 사람을 위해 만들어도 된다.
　머리숱이 없는 사람들은 이 선물을 받으면 굉장히 고 마워할 거다.

리자 호프먼의 벌집 모자

→ **수준** : 초보자 / 중급자

→ **재료** :

DK weight 100% 메리노 울 또는 대체할 수 있는 실(대략 1750야
드/160미터).

평단으로 뜨기 : 6호(4.0mm) 막대바늘 1개 또는 24인치 줄바늘.

원형으로 뜨기 : 6호(4.0mm) 16인치 줄바늘 1개, 6호 양끝바늘
(DPN) 1 세트, 스티치 마커(코수 표시 링).

끝단의 처리와 가름솔을 위한 태피스트리 바늘.

→ **사이즈** : 성인 스몰/미디엄(모자는 8의 배수로 코를 늘리거나 줄여서
사이즈를 조절할 수 있다).

→ **게이지** : 20코와 26단 = 메리야스뜨기로 4인치; 정확한 게이지
를 산출하려면 바늘 사이즈를 조정하면 된다.

➜ 코뜨기 가이드 :

한 코 고무뜨기(A) (평단으로 뜨기–2의 배수로)

1단(겉면) : *겉뜨기 1코, 안뜨기 1코; *부터 마지막 코까지 반복하고, 겉뜨기 1코로 마무리(겉뜨기, 안뜨기를 1코씩 반복한다).

2단(뒷면) : *안뜨기 1코, 겉뜨기 1코; *부터 마지막 코까지 반복하고, 안뜨기 1코로 마무리. 1단과 2단을 반복해서 패턴을 만들어 준다.

한 코 고무뜨기(B) (원형으로 뜨기–2의 배수로)

원형으로 1단 : *겉뜨기 1코, 안뜨기 1코; *부터 원형의 끝까지 반복한다. 원형으로 1단 뜨기를 반복해서 패턴을 만들어 준다.

메리야스 뜨기

1단(겉면) : 겉뜨기.

2단(뒷면) : 안뜨기.

1단과 2단을 반복해서 패턴을 만들어 준다.

역 메리야스 뜨기

1단(겉면) : 안뜨기.

2단(뒷면) : 겉뜨기. 1단과 2단을 반복해서 패턴을 만들어 준다.

비고 : 원형뜨기를 할 때, 모든 겉뜨기는 메리야스 뜨기가 되고, 모든 안뜨기는 역 메리야스 뜨기가 된다.

➜ 모자 뜨기 (평단으로 뜨기)

98코를 만든다. 한 코 고무뜨기(A)로 여섯 단을 뜬다. 모자의 몸통 부분을 아래와 같이 뜬다:

1-6단 : 역 메리야스 뜨기(겉면 안뜨기, 뒷면 겉뜨기).

7-12단 : 메리야스 뜨기(겉면 겉뜨기, 뒷면 안뜨기).

1-12단까지 3번 더 반복해서 뜨고, 1-6단을 한 번 더 떠 준다.

메리야스 뜨기로 2단을 더 뜬다.

모자 꼭대기 줄이기는 아래와 같이 뜬다:

1단(겉면) : 겉뜨기 1코, *겉뜨기 6코, 겉뜨기로 2코 모아뜨기, *부터 마지막 코까지 반복해서 뜨기, 겉뜨기 1코로 마무리.

2단 : 안뜨기.

3단 : 겉뜨기 1코, *겉뜨기 5코, 겉뜨기로 2코 모아뜨기, *부터 마지막 코까지 반복해서 뜨기, 겉뜨기 1코로 마무리.

4단 : 안뜨기.

5단 : 겉뜨기 1코, *겉뜨기 4코, 겉뜨기로 2코 모아뜨기, *부터 마지막 코까지 반복해서 뜨기, 겉뜨기 1코로 마무리.

6단 : 안뜨기.

이런 식으로 계속해서 줄여 나가는데, 14코가 남을 때까지 모든 단을 한 코씩 줄이기 전에 한 코를 적게 뜬다.

다음 단(겉면) : 겉뜨기 1코, *겉뜨기 2코, 겉뜨기로 2코 모아뜨기. *부터 3번 반복하고 겉뜨기 1코로 마무리하면 11코가 남는다.

메리야스 뜨기로 6단을 더 뜬다. 12인치를 남기고 실을 자른 뒤 마지막 남은 코에 실을 통과시켜 마무리한다. 솔기와 끝단을 처리한다.

→ **모자 뜨기** (원형으로 뜨기)

16인치 줄바늘로 96코를 만든다. 원형으로 연결할 때 방향이 꼬이지 않게 주의한다. 원형이 끝나는 위치를 스티치 마커(코 수 표시 링)로 표시한다. 한 코 고무뜨기(B)로 6단을 떠주는데, 모든 원형 단이 끝날 때마다 스티치·마커를 (반대편) 바늘로 넘긴다. 모자의 몸통은 아래와 같이 뜬다:

1–6단 : 안뜨기.

7–12단 : 겉뜨기.

1~12단까지 3번 더 반복해서 뜨고, 1~6단을 한 번 더 떠준다.

겉뜨기로 2단을 더 뜬다.

모자 꼭대기 줄이기는 아래와 같이 뜬다 :

줄바늘로는 불편해서 더 이상 코를 뜰 수 없을 경우, 양끝바늘로 바꿔서 뜨면 된다.

*겉뜨기 6코, 겉뜨기로 2코 모아뜨기, *부터 단의 마지막까지 반복해서 뜬다.

겉뜨기 1단을 동일한 코 수로 뜬다.

이런 식으로 계속해서 줄여 나가는데, 12코가 남을 때까지 모든 단을 한 코씩 줄이기 전에 한 코를 적게 뜬다.

다음 단 : *겉뜨기 2코, 겉뜨기로 2코 모아뜨기, *부터 3번 반복하고 나면 9코가 남는다. 이 9코를 겉뜨기로 6단을 뜬다. 실을 자른 뒤 마지막 한 코에 실을 통과시켜 마무리한다. 끝단을 처리한다.

지금은 왜 할머니가 추운 밤마다 나한테 스웨터를 가져오라고 했는지 알 것 같다. 할머니 말로는 찬 기운 드는 거랑 폐렴 조심하고, 제 몸은 제가 챙겨야 된다고 했다. 그리고 이러니저러니 해도 인생은 살 만한 것이라는 이야기도. 나는 할머니가 이제껏 만들어 준 담요들을 모두 보관하고 있다. 너무 무거워서 갑옷 같은 것도 있지만, 정성이 담긴 바느질 자국마다 나를 사랑하는 할머니의 마음이 여전히 남아 있다.

스스로
에게
관대해지자

아무 때나 자고 싶을 때 낮잠을 자자. 시간 낭비한다는 생각은 놓아버리고 창밖의 나무를 오래도록 바라보자.

"걱정 말고 그냥 하자."

이제 시간은 예전과 다르게 흘러간다. 낭비한다는 걱

정은 말자. 오로지 당신만의 시간이니까. 텔레비전을 켜면, 너무 바빠서 자신을 돌보지 않던 시절에는 관심도 주지 않았던 깜짝 놀랄 만한 프로그램들이 하고 있을 거다. 십대들의 학교생활을 다루는 영양가 없는 드라마에 빠져도 좋고, 낚시꾼이나 잡동사니에 관한 리얼리티 쇼에 빠져도 좋다.

음악도 듣자. 쉐릴 크로나 레이디 가가, 브루스 스프링스틴, 밴 모리슨도 들어 보자. 당신이 좋아하는 노래들을 들었을 때를 떠올려 보자. 그때 누구와 사랑에 빠졌었는지도. 나는 비틀스와 밥 딜런, 쥬디 콜린스, 믹 재거를 들었을 때를 기억한다. '그 시간들은 도대체 어디로 가버렸을까?'

젊은 시절의 노래들은 여전히 당신 안에 남아 마음을 설레게 한다. 나는 「스트로베리 필드 포에버*Strawberry Field Forever*」나 「새티스팩션*Satisfaction*」의 첫 소절을 들으면 곧바로 그 시절로 돌아가곤 한다. 내가 어디에 있건 상관없이, 갑자기 숲 속을 걷거나 친한 친구의 방에서 함께

런던으로 달아날 궁리를 하던 시절로 돌아간다—결국 달아나지는 못했다. 엄마와 함께 플라자 호텔 밖에 서 있기도 하고, 폴 매카트니의 사소한 동작 하나에도 비명을 지르며 열광하는 내가 되어 있기도 한다.

한창 힘든 외중에 당신은 강아지를 기르기로 마음먹었을 수도 있다. 다른 사람들이 정신 나간 짓이라고 했을지도 모른다. 삶에 변화를 주기에는 정말 안 좋은 시기라면서 말이다. 어떤 경우에는 정확한 지적이다. 트라우마를 겪을 때 중요한 결정들을 내리기는 쉽지 않다. 심각한 병으로 치료 중이거나 커다란 상실감을 겪을 때는 이혼을 하거나 평생의 친구와 절교하는 것 같은 일은 미루는 편이 좋다는 데 많이들 동의한다. 하지만 강아지를 키우는 건 절대 실수가 아니다. 가끔 난장판을 벌여놓기는 하지만.

다만 당신을 도와 줄 사람은 반드시 있어야 한다. 당신이 할 수 없을 때 대신 산책을 시켜 주거나, 상황이 안

좋아져서 더 이상 키울 수 없을 때 입양을 해 줄 누군가가. 우리는 기댈 수 있는 친구나, 만날 때마다 말다툼을 하더라도 인생을 맡길 수 있는 자매 같은 도와 줄 사람이 필요하다. 누구나 플랜 B가 필요하고 특히나 당신이 책임져야 할 생명이 있을 때는 더욱 그렇다.

내 강아지는 시러큐스 시에서 "난 강아지예요, 잘 보살펴 주세요"라는 스티커를 붙인 상자에 담겨 왔다. 폴리시 시프도그 종인 그 강아지는 내가 화학 치료를 받던 몇 달 동안 대부분의 시간을 보내던 긴 의자 위 창문에 앉아 있곤 했다. 덩치가 너무 커서 의자랑 창틀 사이에 몸을 쑤셔 넣어야 했다. 그곳에서 강아지는 나와 함께 나뭇잎들을 바라보았다. 둘 다 나뭇잎에 관해서는 모르는 게 없을 정도로 오래도록, 나뭇잎보다 아름답고 흥미로운 건 없는 것처럼.

난 강아지와 같이 있을 때는 결코 외롭다는 느낌이 들지 않았다. 외롭지 않다고 느끼는 건, 어떤 때는 당신에게 가장 중요한 일이다. 개는 때로는 당신보다 먼저 그 사실을 안다.

시간이 흘러 내 시프도그는 이제 눈이 보이지 않는다. 긴 의자에 올라가는 일도 힘에 부친다. 그러나 나는 여전히 그가 떨어지는 나뭇잎들의 모습을 그려볼 수 있을 것이라고 생각한다.

아름다운
무언가를
만들자

사람들 말로는 누구도 죽기 직전에 '사무실에서 더
많은 시간을 보냈어야 했는데'라고 후회하지는 않는다
고 한다. 내 생각은 다르다. 파블로 피카소라면 그렇게
말했을 거다. 제인 오스틴도 그럴 거다. 일이 당신에게
기쁨을 줄 때, 충분히 일했다는 건 있을 수 없다. 트라우

마를 겪는 시기에 일터로 돌아가는 사람들이 모두 일 중
독자는 아니다. 그들은 자기 일을 사랑하는 것이다. 동화
에서는 순수한 마음이 지푸라기를 황금으로 바꾼다. 그
들은 일상의 잡다한 것들을 그러모아 무언가 소중하고
영속적인 것으로 만든다.

당신이 지금 하는 일에서 이러한 느낌을 받을 수 없다
면, 아름다운 무언가를 만드는 데 시간을 투자하자. 사람
들이 곤히 잠든 토요일 아침은 어떨까? 크레용과 반짝이
가루, 카메라, 공책을 챙기자. 숨을 깊이 들이마신 다음,
시작하자.

자신의
이야기를
털어놓자

당신 마음대로 말하면 된다. 당신 이야기이니까.

나는 병에 걸린 사실을 숨겼다. 암 진단을 받고 가장 가까운 친구들과 가족에게만 이야기했다. 아직도 내가 왜 그랬는지 모르겠다. 하지만 지금 생각하면, 살아남기 위한 방법이었던 것 같다. 다른 사람의 경우에는 모두에

게 이야기하는 게 방법이었을지도 모른다. 나는 내 문제를 스스로 해결하고 싶었다.

아이들과 나란히 앉아 아이들이 당신에게 얼마나 소중한지 이야기하는 것도 좋은 방법이다. 내가 이제껏 본 가장 슬픈 여자는 그녀의 엄마가 암 투병 중이었다. 그녀의 엄마는 어느 날 갑자기 사라져서, 다시 돌아올 때는 변해 있었다. 한 번씩 그런 일을 겪으며 내 친구도 달라졌다. 매년 그녀의 어떤 부분이 사라졌다. 그녀는 나에게 더 이상 속마음을 털어놓지 않았다. 예전처럼 웃지도 않았다. 얼마 지나지 않아 그녀와 나는 친구로 지낼 수 없게 되었다.

당신이 아프고 슬프다고, 기분이 안 좋고 졸리고 몽롱하고 그것 말고도 「백설공주」에 나오는 난쟁이들처럼 여러 가지 문제가 있다고 설명하자. 그러나 아이들에게 당신이 여전히 텔레비전을 보며 시간을 보낼 수 있고, M&Ms 초콜릿을 먹을 수 있고 같이 보드게임도 할 수 있다고 말해 주자.

만일 기운이 있다면 아이들을 데리고 놀이공원이나 해변, 국립역사박물관 같은 곳에 놀러 가자. 때로는 아이들이 그런 곳에 다녀왔다는 걸 잊어버리겠지만, 이런 여행들은 지울 수 없는 인상을 남길 것이다. 그리고 아마도 더 중요한 건, 당신이 항상 기억할 거다.

언젠가 사람들이 당신에게 가장 끔찍했던 시절에 관해 묻는다면, 가장 처음 떠오르는 건 롤러코스터에서 웃고 있는 아들 얼굴이나 해변을 쏜살같이 달리는 딸의 모습, 어찌나 빨리 뛰는지 마치 날아갈 듯했던… 세상에서 가장 아름다운 기억일 것이다.

누군가를
용서하자

엄마나 자매, 지금은 갈라선 친구, 당신을 해고한 상사부터 시작해 보자. 원망하는 마음을 품고 살지 말자. 그렇게 살면 너무 많은 힘이 든다. 아까 나열한 사람들에게 엽서를 보내 보자. '안녕', '행운을 빌어' 혹은 '안 보니까 속이 시원하다'라고 쓰는 거다. 당신이 잘못한

사람들에게는 사과하자. 그러면 기분도 나아질 거고, 왜 이제껏 사과하지 않았나 싶을 거다.

나는 치료를 받는 기간 동안 아빠와 점심을 먹었다. 그건 몇 년 동안 우리가 하지 않았던 일이다. 아빠는 점점 늙어가고 있었고 나는 아팠다. 그 순간은 나에게 그를 용서할, 다시는 돌아오지 않을 시간이었다. 나는 '이해해요, 우리가 서로 잘못한 거예요'라고 말하고 싶었지만, 그 말이 입 밖으로 나오지 않았다.

아빠가 끔찍한 부모여서 미안했다라고 사과했을 때 나는 용서했다고 말하고 싶었지만 목이 메어 그 순간을 그냥 지나쳐버렸다. 나는 아빠가 내가 그를 용서했다는 사실을 알기를 바랐다. 그가 사과하는 바로 그 순간에 말이다.

만일 당신이 누군가를 용서할 수 있다면, 정말로 그러기를 바란다. 체중이 8킬로그램은 빠진 느낌일 것이다. 아니 어쩌면 88킬로그램쯤?

지나간
날들을
돌아보자

고모할머니를 찾아뵙자. 요양소에 계시는 고등학교 선생님이나 온갖 가족사를 꿰고 있는 삼촌을 찾아가 보자. 가족사진들과 이야기들을 모으자.

오늘 날짜를 모를 정도로 나이가 들었지만 뉴저지에 살던 소녀 시절은 똑똑히 기억하고 있는 고모를 뵙고 영

상으로 촬영하자. 엄마를 인터뷰한다면 당신이 몰랐던 사실들을 발견하고는 깜짝 놀랄 거다.

전에는 왜 나이 든 사람들이 끼리끼리 모여 병이랑 치료법에 관해 이야기를 나누는지 궁금했다면, 이제는 알게 되었을 거다. 다양한 질병들에 관한 이야기를 듣다 보면 당신도 어느 새 정맥류성 정맥이 무엇인지, 운동요법이 왜 필요한지, 침술이 어째서 효과적인지, 아침에는 왜 커피나 차보다 따뜻한 물과 레몬이 건강에 좋은지 배우게 될 거다. 이런 모든 것들을 통해 조금씩 이해가 깊어지고, 나이 들어가는 것이 좋게 보이기 시작할 거다.

일기장이나 수첩, 아름다운 가죽 장정의 책을 구입하자. 거기에 당신에게 상처 준 사람과 당신을 도와준 사람들 이름을 적자. 어릴 때 살던 집을 찾아가 사진에 담아 보자. 결혼식 때 입은 드레스도 꺼내 보고, 고등학생 때 신던 운동화도 꺼내 보자. 엄마가 준 다이아몬드 반지도 함께.

인생의 시간표를 만든 다음, 스티커나 고무도장으로 가장 찬란한 날들을 빠짐없이 표시해 보자.

눈치 보지 말고 행동하자

평소에 문신을 해 보고 싶었다면, 가서 하자.

별이나 용 모양, 아이들 이름의 약자, 창백한 초록 날개의 나비 모양 문신은 어떨까? 며칠 동안 잠옷만 입고 지내도 보자. 끝내주게 멋진 신발도 사자. 클럽에 가서 재즈를 듣거나 차를 몰고 클리블랜드의 로큰롤 명예

의 전당에 놀러 가자. 빨간 립스틱도 바르자. 일하다가 슬쩍 나와 레드삭스나 양키즈 중에 당신이 응원하는 팀 경기를 보러 가자. 오후 네 시에는 마르가리타 피자를 시키자.

　박물관에 자원봉사자로 지원해, 아무도 오지 않은 이른 아침에 홀로 이집트 유물들과 함께 있어 보자. 어떻게 그 오랜 시간 전에 만든 것들이 여전히 이렇게 아름다울 수 있을까?

　금, 돌, 터키석, 그리고 다른 많은 구성 성분들은 그것을 소유했던 사람들보다 오래 지속된다. 하지만 그 모든 것들은 결국 사람의 손으로 만든 거다.

다른
사람들과
공유하자

낯선 사람에게 말을 걸자. 특정한 단체에도 가입하자. 평소에 그런 부류의 사람이 아니었더라도 관심을 가져 보자. 별로 내키지 않더라도 그냥 한 번.

당신이 무언가를 공유할 때, 공유하는 행동은 당신을 변화시킨다. 나는 친구들을 통해 알게 된 한 번도 만난

적 없는 사람들에게 전화를 걸었다. 그 사람들의 살아남은 방법에 관해 듣고 싶었는데, 다들 몇 시간씩이나 나에게 이야기를 들려주었다. 비록 전혀 본 적도 없지만 그들은 나에게 지혜와 경험을 나누어 주었다. 이미 산전수전 겪고 살아남은 사람들에 걸맞게 자신들이 아는 내용을 풀어놓았다.

유방암을 치료하는 동안 나는 지원 단체에 가입했다. 나는 부끄럼도 많이 타고, 낯선 사람과 대화하는 것에도 익숙하지 못했다. 낯선 사람의 기준이… 적어도 이십 년은 알고 지내야 할 정도였으니까. 하지만 그럼에도 나는 어느 새 완전히 낯선 여자들과 스스럼없이 아주 사적인 일들까지 이야기하고 있었다. 식은땀 날 정도로 끔찍한 악몽이나 사랑, 배신, 공포, 그 밖의 여러 가지 것들을 털어놓았다. 마치 우리가 이십 년도 아니고 한 백이십 년은 알고 지낸 것처럼 말이다.

당신도 특정한 단체에 가입한다면, 같이 소속되어 있

는 낯선 누군가에게 한밤중에 전화를 걸어 울어 보자. 그냥 해 보자. 낯선 누군가는 심지어 새벽 두 시에 전화를 받더라도 짜증을 내지 않을 거다. 당신이 아는 다른 사람들처럼 당신에게 '다 괜찮아 질 거야' 같은 이야기는 하지 않을 거다. 그저 당신 이야기를 듣고 공감할 거다. 그런 다음 당신이 살아남기 위해 애쓰고 있고 잘하고 있다고 말해 줄 거다.

누군가를
사랑하자

당신은 혼자라고 느낄지도 모른다. 하지만 남편, 애인, 여자 친구, 아내가 당신과 함께 하고 있다. 사실 그 사람들이 팔에 바늘을 꽂거나 수술을 하고 회복 중에 있는 건 아니다. 그렇지만 그들은 당신이 이러한 것들을 겪는 모습을 지켜보고 있다. 아픈 사람 본인과 사랑하는 사람의 고통을 지켜보는 사람 가운데 누가 더 힘들까?

때로는 당신이 사랑하는 사람들을 받아들이기 힘들 수도 있다. 그들은 무례하고 생각 없는 행동을 저지르기도 한다. 화학 요법을 받고 메스꺼워 하는 당신 앞에서 피자를 먹거나, 약속을 깜빡하거나, '왜 울어?' 같은 말을 던질지도 모른다. 이런 반응들을 보면 당신은 밖으로 나가버리고 싶어질 거다. 그렇지만 그러지 말고 그 사람들 옆에 앉아서 손을 잡아 보자. 사랑이란 참으로 복잡하다. 눈에 보이지 않지만 최고의 사랑은 당신 곁을 지키는 충실함일 수도 있다.

나는 가끔 내 첫 남편은 독일셰퍼드였다고 이야기 하는데, 어느 정도는 사실이다. 나는 개들과 함께 자랐지만, 후디니야말로 처음으로 생긴 온전히 내 개였다. 우리는 캘리포니아의 농장에서 만났는데, 보자마자 푹 빠져서 방 짝에게 묻지도 않고 바로 집으로 데려왔다. 후디니는 가르치지 않아도 알아서 잘했고, 사실 그가 나를 가르쳤다고 해야 맞다.

나는 졸업반일 때 후디니를 수업에 데리고 다녔는데, 그는 내 의자 밑에서 잠을 잤다. 내 생각으로는 종종 방 귀도 뀌었던 것 같다. 같이 수업 듣는 친구들에게 내가 뀐 게 아니라고 변명하는 게 더 창피할 것 같아서, 난 그냥 웃기만 하고 아무 말도 안 했다. 나중에 뉴욕으로 이사한 뒤에는, 선글라스를 낀 채 후디니를 데리고 레스토랑이나 8번가의 오래된 엘진 극장에 다녔다. 나는 버스나 지하철에 탈 때 사람들이 후디니를 맹인 안내견으로 여길 거라고 생각했는데, 사실 그는 나에게 정말로 그런 존재였다.

언젠가 한 번은 숲에서 후디니가 새끼 사슴과 마주보고 있었다. 갓 걸음마를 뗀 아이들과 고양이들이 부딪히고 지나가도 그는 고요히 그 자리를 지킨 채 사슴을 바라보았다. 그는 누군가를 어떻게 사랑해야 하는지 나에게 가르쳐 주었다.

후디니는 열여섯 해를 살았다. 그 이후로 여러 멋진 개들과 굉장히 친절하고 내가 방사능 치료나 화학 요법을 받을 때면 항상 같이 다니는 또 다른 남편이 생겼지만, 아직도 매일 후디니가 그립다. 나는 내가 남자에게 기대하는 것들을 개로부터 배운 셈이다.

충실함과 친절함을.

흔적을 남기자

종이에 써 보자. 제대로 기억이 안 나서 몇 문장밖에 못 쓸지도 모른다. 당신은 절대 잊어버리지 않을 거라 생각하지만, 아마 잊어버릴 거다. 당신의 인생을 시로 써 보자. 어떤 때는 짧게 쓰는 게 더 낫다. 이 불공평하고 아름다운 세상에서 당신이 사랑했던 모든 것들의 목록을

만들어 보자.

반딧불이, 왜가리, 갓 내린 커피, 먼지 가득한 맨해튼_{뉴욕}
_{중심부의 섬}, 다른 방에서 기다리던 남자, 검은 눈의 여자.

내가 더 이상 소설 속에 암에 걸리지 않은 인물에 대
한 이야기를 쓰지 못하고, 내가 겪는 이 경험을 극복할
수 없을 거라고 걱정하고 있을 때 내 암을 다루던 의사
는 이렇게 말했다. "암 이야기로 소설을 가득 채울 필요
는 없어요. 단지 한 장에 지나지 않아요." 그녀는 나에게
결국 암에 걸린 인물이 주인공이 되지는 않을 거라고 장
담했다. 주인공은 할머니가 될 수도 있고, 가장 친한 친
구나 먼 사촌, 이웃, 아니면 거리의 낯선 사람이 될 수도
있다.

낮에는 보이지 않는 별들처럼, 당신이 겪는 슬픔도 언
젠가는 잦아들 거다. 별들은 여전히 그 자리에 있고, 빛
나지만, 그곳에는 또한 넓게 펼쳐진 푸른 하늘이 보인다.

그럼에도 어떤 것들은 당신 곁에 영원히 남는다. 당신은 이제 아마도 예전과는 다른 사람이 되었을 것이다. 당신도 그것을 알고, 나 역시 그것을 알고 있다. 당신은 변화했다. 살아남은 것이다. 진심으로 축하한다.

지난 삼십오 년간 내 글쓰기를 도와 준 출판 관계자들과 언론에 정말 감사한다. 말 그대로 그 분들 덕분에 일할 수 있었다. 그리고 내 첫 번째 논픽션인 『살아가는 힘』이 항상 좋아하던 알곤퀸 출판사에서 출간되어 기쁘다. 참으로 희한한 운명인 것이, 이 책의 편집자 캐시 포리즈는 내 유방암 수술을 한 MAH & BIDMC 병원의 수잔 포리즈와 자매이기도 하다.

『살아가는 힘』은 내가 유방암 치료를 받는 동안 기쁨을 찾기 위한 조언이 필요할 때 내 스스로에게 쓰던 편지에서 시작되었다. 내가 사랑했고 잃어버린 것들을 위한 헌사였으며 여러 가지 어려움을 겪고 살아남은 사람들을 위한 찬사였다. 비록 이 책이 회고록은 아니지만, 이제껏 내가 쓴 책들 가운데 가장 개인적인 내용을 담았다.

나는 『살아가는 힘』이 가장 이 책을 필요로 하는 사람들과 그들의 친구들, 그리고 그들이 사랑하는 사람들에게 닿기를 희망한다. 이 책은 내가 무척 힘들던 시절에 가장 받고 싶었던, 정말로 희망과 기쁨이 심각하게 필요할 때 너무 무겁지 않게 이야기해 줄 수 있는 그런 책이다. 그래서 이 책이 단지 암 환자나 그 가족들뿐만 아니라 우리 모두에게 일상적인 삶의 소중함을 상기시킬 수 있기를 바란다.

나는 수많은 살아남은 사람들을 독자와의 만남이나 편지, 이메일을 통해서 만났다. 9/11 테러로 아들을 잃은 여성, 투손 시에서 열린 행사에 휠체어를 끌고 온 독자, 자기 친구가 아들을 잃었는데 내 사인본을 보내 줄 수 있냐고 물었던 지금은 나와 각별한 사이가 된 영국의 독자, 내 소설이 몇 차례의 수술을 극복하는 데 도움을 줬다고 말한 플로리다의 십대 소녀, 그리고 여러 곳을 다니며 만난 나에게 미래에 대한 희망을 준 모든 사람들.

이 책은 그 모두를 위해, 그리고 당신을 위해 썼다.

살아가는 힘

1판 1쇄 발행   2015년 3월 6일

지은이	앨리스 호프먼
옮긴이	최원준
일러스트	나수은
디자인	숭디자인
펴낸이	최원준

펴낸곳	부드러운 말
출판등록	2013년 12월 23일 제2013-000120호
주소	137-819 서울시 서초구 방배천로 6길 27, 104호
전화	02-876-5789
팩스	02-876-5795
메일	softspeech@naver.com

ISBN   979-11-951865-0-1   03840